半塘荷风

BanTang HeFeng

爱是琉璃 ◎ 著

中国文联出版社

图书在版编目（CIP）数据

半塘荷风 / 爱是琉璃著. -- 北京：中国文联出版社，2024.4
ISBN 978-7-5190-5500-4

Ⅰ.①半… Ⅱ.①爱… Ⅲ.①诗集－中国－当代 Ⅳ.①I227

中国国家版本馆CIP数据核字(2024)第074843号

著　　者	爱是琉璃
责任编辑	阴奕璇
责任校对	吉雅欣
装帧设计	肖华珍
出版发行	中国文联出版社有限公司
社　　址	北京市朝阳区农展馆南里10号　邮编　100125
电　　话	010-85923025（发行部）　010-85923091（总编室）
经　　销	全国新华书店等
印　　刷	天津和萱印刷有限公司
开　　本	880毫米×1230毫米　1/32
印　　张	7.5
字　　数	180千字
版　　次	2024年4月第1版第1次印刷
定　　价	69.00元

版权所有·侵权必究
如有印装质量问题，请与本社发行部联系调换

序

一枝临风而绽的莲
——为爱是琉璃《半塘荷风》作序

文／刘艳芹

十一月的最后一天，天空出奇的蓝，阳光透过一扇扇窗子射进来，落在客厅的一角儿，洒满一屋子的安暖与静好。尽管这寻常的小幸福得来从不费功夫，但每每置身其中，依然会沉浸且陶醉。有那么一瞬，我真的以为春天回来了，蓦然惊觉，万里山河已是冬。窗外，海棠树任性地枯着，小灰雀顽皮地跳着……

人和万物各司其职，各自在不同的角落诠释着冬天的内涵。就是这个午后，当我正在翻阅一本诗集的电子文档时，手机里的微信传来消息，先是一连串儿清丽悦耳的语音，接着是一幅干净清雅的图片。闻声识人，她的文字如同她的声音一样不染尘埃。那幅图片正是她刚刚用白玛瑙串起来的手链。我拿着手机顿时怔在那儿，想象着千里之外的她，该是怎样一个不食人间烟火的女子。脑洞里遂跳出唐代白居易那句"陌上人如玉，公子世无双"。是的，她是陌上玉，也是风中莲。我想，美好的一天应该从午后开始。

她，就是诗集《半塘荷风》的作者爱是琉璃（以下称琉璃）。我正在翻看的也正是这本诗集的文档。说来话长，与琉璃的相遇，应该追溯到网易博客时代。大概是在2010年左右，我刚开始写博时，偶然走进了琉璃的博客，就被她博客的独特风格和背景音乐深深吸引，一曲《绿野仙踪》瞬间俘获了我。当然，更吸引我的还是她的文字。那种超凡脱俗的美带给人的空灵和飘逸之感，让痴迷于文字的我立时找到了精神原乡。"众里寻他千百度，蓦然回首，那人却在灯火阑珊处"，我想，这被多少人仰望和吟哦了千年的经典名篇，同样适用于两个惺惺相惜的女子。文字的香契合着灵魂的香，从此，两个有着共同追求的人彼此牵手，在文字的世界里相携走过风雨经年。

关于这本诗集的名称,琉璃最初也征求过我的意见,在几个比较钟意的选题中,最终决定用《半塘荷风》来命名,不管从文字风格、内容及语境等方面来考虑,都再恰当不过了。尽管到现在为止我们依然未曾谋面,但琉璃的文字,我一直仰望并深深懂得。我想,琉璃托我为她的诗集做序,除了信任,更多的是想纪念我们这些年的友谊,它们远远凌驾于文字之上。对此,我倍感欣慰,也定当珍惜。

琉璃说:"日子有毒,且没有解药,不过,暂缓毒性发作的良剂却有很多,譬如半湾小字,譬如一脉乐音,譬如一溪雨声,譬如半塘荷风。"也许是与生俱来的多愁善感,成就了她行文风格的婉约与细腻,也许从小生在江南长在江南的缘故,她的文字始终葆有一份江南雨巷的朦胧之美。她将浅浅的惆怅、深深的期盼等一众情感植入文字里,寄托着对美的向往和追求。

特别值得一提的是,琉璃醉心于中国民乐。这部诗集里,琉璃很多诗歌的创作源泉皆来自于中国民乐。音乐与文学同属于人类精神范畴的补给,向来是相辅相成的。琉璃善于从一曲曲国乐之中捕捉灵感,放飞想象,给诗歌插上音乐的羽翼,让文字愈显丰满和飘逸。读琉璃的诗歌,仿佛是在中国民乐里行吟,时而高山流水、琴瑟和鸣,时而绿野仙踪、乱红满地,时而袅袅婷婷、空灵缥缈,但绝不虚无。比如开篇之作《炉香的姓名》(听陈悦的笛箫版《五台之上》):"……无须在炉香的氤氲中/执着于蒲团静坐/执着静与净/执着一个高挂狮子座前的证明/证明她真的存在/炉香,有炉香的姓名/而她自然也有她的环佩叮咚/若墙上映着的那帧红花/作别过红颜的叮咛……"诗与乐的完美契合,是琉璃诗歌的显著特色。乐上著诗,如同海上生明月,光与光遥相辉映带来的视觉冲击与心灵震撼,只有置身其境的人才能懂得。

如果说"抒情"是流经整部诗集的河流,那么历史文化和人物就是河流析离出来的分支。在《半塘荷风》里,既能感受到作者生花的妙笔带给我们的灵魂淘洗,又能体悟到华夏古国几千年历史文化的博大精深。可以说她的文字是小众的,也是大家的。琉璃的诗歌处处婉约梨花带雨，又处处恢弘乾坤朗朗。一方面取决于她对祖国悠久历史文化的深刻洞悉，另一方面也缘于她多年来养成的良好的文学修养。如《我的大唐》："落雪之时／唐诗就渐渐白了头／反复唱诵的韵律里／名播海内外的大明宫——／在千门万户的捣衣声中／在丝绸之路的驼铃玎珰声中／将华夏的风采与气度／一一陈述倾吐／那些有关幞头的／且令人魂牵梦绕的记载／当属常年喝得酩酊大醉的李太白／拽着床前的月与黄河的云／一次又一次地／踏破了亘古的春风／雪落，长安／我最应该看见的／是中外文化传播的使者／——晨昏照青灯，九死不言悔／译了1335卷经文的唐玄奘"。她在讲述历史，又不单单仅是历史；她在写诗歌，又不完全是抒情，它将华夏古老而优秀的历史文化烙进诗歌里，源远流长，熠熠生辉。寓史于诗，史诗交融，巧妙地完成了艺术与现实的完美链接。这是她的高明之处。

在诗歌写作上，琉璃完美地承袭了中国古典诗歌《诗经》和《楚辞》的创作技法，极尽抒情之能事。比如，她常常运用反问的语式进行抒写，虚实相生，极好地体现了传统诗歌的浪漫主义色彩，诗意浓浓，诗情盎然。相比当下的诗坛乱象，琉璃的诗歌无疑是一股清流。她远离诗坛的乌烟瘴气，始终葆有一份文学的初心，在自己的半亩荷塘上种风种雨、且歌且吟。

纵观整体结构，诗集《半塘荷风》由五辑组成，即《帘动荷风》、《一眼千年》、《人间旧句》、《时序清漪》和《千帆过尽》。表面来看，是按诗歌的内容分章划节，实则每个章节相互渗透和融入。无疑，整部诗集都在围绕一个中心主旨进行写意：即爱和慈悲。爱是慈悲，反之亦然。琉璃将小半生的爱，皆赋予了她笔下的草木春秋，一芰一荷，一风一雨。她像一枝临风而绽的莲，孤傲地活在自己的烟雨世界里。但她决不孤独，她为文字而生，文字亦为她而活。作为一个纯粹的诗人，可以说诗歌是她左手的蝴蝶、右手的花香。

琉璃的诗集即将付梓出版，由衷地为她高兴。受琉璃之托，欣然应允做序一事，又深感不安，唯恐辜负了琉璃好友多年的信任。因笔力和水平有限，不妥之处，还请琉璃和各位亲爱的读者海涵！诗集的精彩之处不胜枚举，在此，我还是想把更多的留白交由手捧香书的你。

感谢为此书出版付出大量心血的美女责编阴奕璇老师，感谢中国文联出版社的各位良师益友；感恩文学路上的相遇相知，感恩一路走来的不离不弃！愿《半塘荷风》的沉香晕染每一个热爱文字的你。人间旧句，值得拥有！

于 2023 年 12 月 8 日河北固安

第一辑　帘动荷风

红尘万种，谁又牵念得了谁的万籁心思。那缕灵魂深处婉约又澄明的絮语，在半塘荷风悄然染香一袭素衣之时，念念有心，念念无心，念念空心，念念如是。念雨碎江南，念箫鸾画帘，念藕倾红笺。

炉香的姓名　/ 003
我的大唐　/ 006
枫韵无边　/ 008
半阕木鱼声　/ 010
租一枚小令　/ 012
秋墨白　/ 014
时间　/ 015
　　——写在除夕
本色　/ 017
遇见缠枝莲　/ 019
　　——涂鸦梅子青瓷
飞天　/ 021
水月归来　/ 023
菩提绣口　/ 025
不说　/ 027
九月刺青　/ 028
　　——生辰有字
水里的绝句　/ 030

一钵方言 / 032

37度的狼毫 / 034

月明，茶温 / 036

镜中莲 / 038

偷得一日 / 040

白牡丹煮雨 / 042

惜流年 / 044

清绝 / 046

新房入住有感 / 048

菊有骨 / 050

六月的梵窗 / 052

兰舟上的心经 / 054

张继的风马 / 056

第二辑 一眼千年

与岁月彻夜长谈，只有你有幸一览无数江山，享诗人的孤单，慰光阴的清寒。

脊梁 / 061
——毛主席诞辰之一

护佑 / 063
——毛主席诞辰之二

七月华堂 / 065
——建党百年

十月的醉从心上来 / 066
——祖国华诞

鸣沙山 / 068

月牙泉 / 069

西安古城墙怀想 / 071

第三辑 人间旧句

起起落落的文字间,种下那年、那月的模样。借宿人间,往事与莲事始终只隔了一条街,缤纷且清寂。择水而居的光阴,蕹葭古色,莲台古香,墨迹干净且清芬。

睡春风 / 077
当归 / 079
——写给太湖
昆曲里的成全 / 081
你,不只是路过 / 083
九九消寒 / 085
孤版人生 / 087
人面可还桃花 / 089
梅花的补丁 / 091
淑芜笺 / 093
相思十三月 / 095
江南印象 / 097
又一春 / 099
女儿,红 / 101
——观旦角舞水袖
一篮杜鹃花语 / 103
思念若匕首 / 104
花之祭 / 106
当你老了,月白墨清 / 108
流光打马 / 112
一封邮件的距离 / 114
真言 / 116
——又回苏州
人间理想 / 118

洗劫 / 120
蘸着碘伏落款 / 122
不朽的圆缺 / 124
碧螺春里的乡音 / 126
溅玉冰清 / 128
"魔"作证 / 131
云服务 / 133
也是伯牙的缘 / 135
此刻风起 / 137
不惑 / 139
北方有月光 / 141
与回忆共饮 / 143
——再过大学就读的城
春夜借书 / 145

第四辑 时序清漪

四时有序，流花流香。那么，可否与之换得一壶冰心，冰心之中，流光依稀寂静，耳畔依稀清音，依稀背倚古藤，静等一盏斜阳，与我温柔对饮。

梅妻 / 151
——立春
浅挚绊离兮 / 153
——春分
种子醒了 / 154
——谷雨
诗梦了无痕 / 156
——立夏
一柄莲叶的距离 / 158
——夏至

漱玉的等 / 160
——立秋
半面妆 / 162
——大暑
锦书 / 164
——白露
东篱不敢把酒 / 166
——秋分
秋样儿 / 168
——寒露
拾秋小松窗 / 170
——霜降
半截誓言 / 172
——立冬
浪迹的残荷 / 174
——小雪
默然相爱 / 176
——大雪
传承 / 178
——冬至
豢养梅衣 / 180
——小寒
弹破江山 / 182
——大寒
采薇 / 185
——寄正月初一
藏身你的发髻 / 186
——寄元夕
一瓢明霞 / 188
——寄妇女节
佩兰雨 / 189
——寄端午

人如玉　/ 190
——寄七夕
灼心　/ 191
——寄中秋
雁字封缄　/ 193
——寄重阳
春的方向　/ 194
——寄腊八

第五辑　千帆过尽

时间的刀锋，把岁月的沧桑刻进了皱纹深处。檐角的风铃倦了，呻吟沙哑，将嘱托与厚望，寄予我脚下的路。

离人　/ 199
顿悟　/ 202
缝合　/ 203
小半生　/ 205
漂不白的清明　/ 207
白衣，墨衫　/ 209

补记　/ 212

红尘万种,谁又牵念得了谁的万觞心思。那缕灵魂深处婉约又澄明的絮语,在半塘荷风悄然染香一袭素衣之时,念念有心,念念无心,念念空心,念念如是。念雨碎江南,念箫鸾画帘,念藕倾红笺。

第一辑

帘动荷风

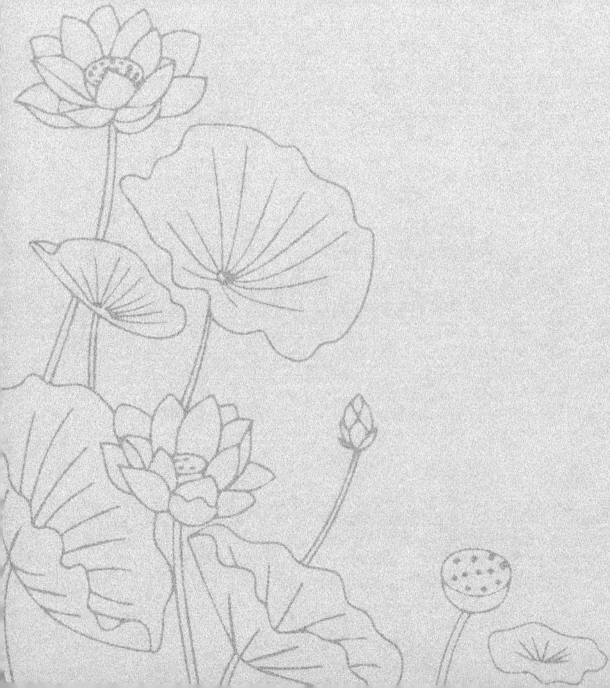

炉香的姓名

无须一问再问
该如何顶礼膜拜
菩萨才会许给你有求必应

无须在炉香的氤氲中
执着于蒲团静坐
执着于静与净
执着于一个高挂狮子座前的证明
证明她真的存在

炉香,有炉香的姓名
而她自然也有她的环佩叮咚
若墙上映着的那帧红花
作别过红颜的叮咛

若一行南归的大雁
丢下十丈烟霞
荡出画外,面朝远山黛岭
涂起漫天的苍茫

又若在回忆之末
飘逸了千年的狂草
攀着清风,如丝如虹
空灵着八万四千缕的檀烟

而不经意里的
那一抹含着泪光的飞白
落月,挂柳
恰恰正是一生的禅定与莲台

(听陈悦的笛箫版《五台之上》有感)

著名笛箫演奏家陈悦

我的大唐

落雪之时
唐诗就渐渐白了头

反复唱诵的韵律里
名播海内外的大明宫——
在千门万户的捣衣声中
在丝绸之路的驼铃叮当声中
将华夏的风采与气度
——陈述倾吐

那些有关幞头的
且令人魂牵梦绕的记载
当数常年喝得酩酊大醉的李太白
拽着床前的月与黄河的云
一次又一次地

踏破了亘古的春风

雪落，长安
我最应该看见的
是中外文化传播的使者
——晨昏照青灯，九死不言悔
译了1335卷经文的唐玄奘

他是大唐的脊梁
是我的
大唐

（听凉月的箫曲《梦里等千年》有感）

枫韵无边

一弯秋月高悬
半卷元曲,开始打马
故事便在唱词里几度回首
于是,我又听见了一捧前世的春风
对人间说着又是一个千年

画地为牢吧
再幽禁半袖的绮念为你下聘
枫韵无界无边啊
一城的风景都在为你丢了魂魄
雕花的窗也为你日渐消瘦

伽蓝门前,古琴通幽
谁将跌宕皈依在了初见的时光

万里长天,万里云燕
谁又曾将徐再思的春情捻作了沉香
在一盏莲灯畔,将秋坐到红透

半阕木鱼声

梦只缱绻了一半
我便从隆冬赶回了盛夏
站在梦中那条唤作婵娟的老街
彻底地迷失了方向

撑起油纸伞
遮住哭红的每个相思夜
是否只有闭上酸涩的双眸时
你和我才会在一起

思念一直比生命还要长
长长的思念啊——
你可愿在药师琉璃光如来的明净之中
给遇见一份从容一份圆融

流光的跫音,一脚深一脚浅
木鱼在雨中醒着,敲白了我的青丝
敲净了你又爱又怨的红尘
敲开了藕花一世的慈恩

    (听凉月的箫曲《情醉江南雨》有感)

租一枚小令

若可,愿擎千里长风
化作一只琉璃盏
在冬日坦然地与斜阳对饮
而后在一杯寒江里
将雪的禅意从容不迫地钓起

当这个禅字
坐拥了半壁江山
心尖便窨藏了一个年轮的沉香

清凉又清明的思绪啊
在门泊东吴万里船的吟哦里
晕出了那年浣溪沙的堇色时光

画一幅烟雨流花的三月吧

旁白一炉弥陀赞

擦去岁月生锈的病句

在一阕有关江南的小令中皈依

不再怨相思含蛊，不再诉落英有殇

　　（听戴亚的专辑《水月空禅心》之《般若》有感）

秋墨白

笺一定是白白的
她可化作披风藏起一千缕琴音
尽管今夜是下弦月
但无妨,因我有半篱竹与一壶荷风
虽然她们都不近酒
确有淡修的骨与水结的心

墨一定是萋萋的
她会在下一个新月到来前
信步出苍劲飘逸的字迹
潜入漠北飒爽的秋天
就着荒草别情,将浅浅的鱼尾纹
装订成一本最朴素的线装书
将有关乡音的箫声由书外移进书里

(听陈悦的箫曲《妆台秋思》有感)

时间
——写在除夕

窗外的窗外
万朵烟花被夜色抱冷
时间被蓄意肇事
岁月在霜鬓里飘然写意
我骑在了白驹的背上
追着风,一骑三千又三千里

纵然百般地缱绻眷恋
新一年的钟声
还是叩打了称作不舍的柴扉

此刻,空山不见鸟鸣
亦不见花溪
然,我深知在某段故事里

定会有一个人在寒江的孤舟之上
为历史默诵了半页留白

那么，若可
就将自己种进大地的姓氏
让岁月的沉香
在一缕一缕的心香之间
飞逸成四海八荒的万众期待
而后再铺一纸深情
等，等春与你合二为一

（听杨青的专辑《半山听雨》之《归来》有感）

本色

焚一片为岁月固守的沉香
挥就一卷浮生散记
不叹红尘是冷还是暖
亦不思忖谁在挽弓布阵

当了无生息的时间
骑在中年的垛口
一捆浓浓淡淡的思绪和着心音
即在满城的素尘之间
被一笔草书悄无声息地流畅

记忆里的梧声
曾经在大街与小巷之间踯躅惆怅
辛弃疾点染的那个元夕
也曾在滚烫的星河中百无聊赖

而今青鬓飞了霜烟的女子
愿轻展最美年华时的那幅生宣
极目无垠的雪色
以洁白的名义落笔封疆

这个在月下孤悬的
最朴素、最还原生命本色的标本啊
是我前世今生最高光的坛场

(听巫娜的专辑《茶界2》之《和敬清寂》有感)

遇见缠枝莲
——涂鸦梅子青瓷

一幅凤凰纹袅袅逐风
风中,将柳溪望穿的流莺
也望穿了浅草初春

隔一段温润的光阴
蓄一个龙泉的葱翠遇见
让翻了千年风雅的梅子初青
用一千度的高温煨暖写满别离的黄卷
煨暖一池的清圆点点与谪仙为伴

还想在千峰破云之时
勾勒出一团缠枝莲的风韵
将城外落英点点拂阑干的惆怅
三分,洒进人间的烟火

七分，洒进禅者优昙花的乾坤

城里，影湛波平
如莲的你着一袭素衣
焚香煮茶，洗手作羹汤
在梅梢月色纷纷白的一隅
不悲，不喜

（听陈悦的箫曲《溪林山风》有感）

飞天

我推开门时
她的身魂已入定
映着月的琵琶
噙着泪在行者的心里被般若

谁在临摹青壁禅念
谁在跏趺静坐
谁在苍然的驼铃声中
翘首张望着十丈红尘的烟火

北魏的一场春雨
在那年化作了满城的流水香
于是,有人临水自照
有人跪乞灵山

而你于大漠孤烟之巅
默默地轻诵真言
默默地将三千胡杨的魂魄
在她的青丝之间绾作了梵音一卷

那么，能否
用你的名字来点染
她在《大唐西域记》里的眉眼
再用装满三车的诗行
轻轻地托起一句
——如是我闻
你与她，本是我的风华绝代

（听陈悦的笛箫版《丝绸之路》有感）

水月归来

虔诚地将一摞山水
叠进砚里与砚外穿行的千丈暮风
等光阴的犁铧耕出一垄皱纹
耕出一垄相思的绝句

在一个句读的边缘合十
轻轻地将自己的心香
婉转成大明湖里的一枝风荷
那枚醒目的印记便会踏月而归

星辉继续弥漫四溢
那些播种在纸上的神思
正一厘一厘地
沉静清明,言笑晏晏

水色浣洗过的承诺

不只呼吸着你的清暖

还有足够可以

将半生故事焐热的情弦

一支竹笛的清越

在皓腕的起落处悄悄陶然

指尖里动静相宜的禅墨

刚好清静自在了等身的圣洁诗篇

（听戴亚的笛箫专辑《水月空禅心》之《归》有感）

菩提绣口

天刚刚亮
清净的念佛声沾着白露
由远,及近
清透了小楼内外
清透了已经出走半生的肉身

他乡的炊烟
袅袅着悲智双运的引子
——不经意地赠人以花香
不经意地将春风十里圈进半塘菩提
不经意地书写了一幅流光的赞礼

跏趺坐于千江的秋水之上
观照着千江的秋之月
观照着千江的水和月

共清漪共清凉共锦心绣口了
八万四千的唐韵衔宋意

（听陈悦的箫曲《平湖秋月》有感）

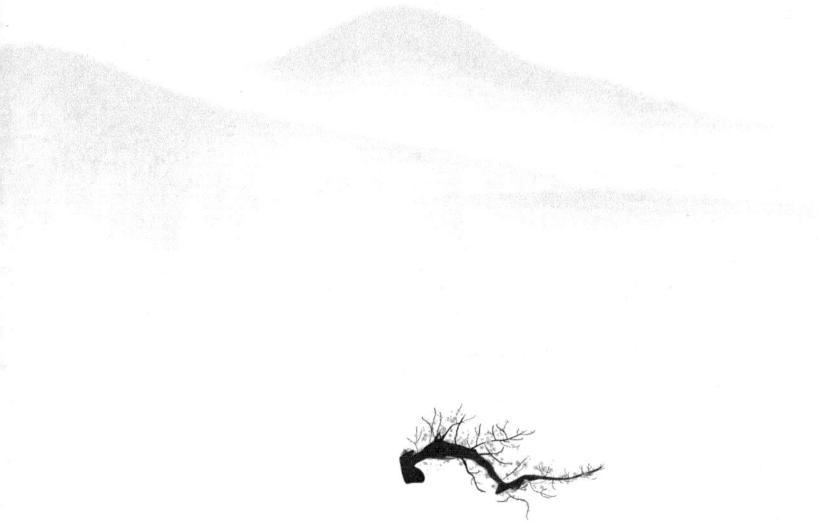

不说

黄昏供养着黄昏
不说寂静也不说欢喜
那件用半生
与时光交换得来的信物
仿若缂织彩纬
正反如一

往事慈悲着往事
抱起月亮移居到画中
有些思绪啊
会在不经意间涓涓如注
仿若落风桃羽
一咏三赋

(听喻晓庆、越晓霞的专辑《茶界第三辑》之《忆春山》有感)

九月刺青
　　——生辰有字

用初吻的纯净
轻吻九月的水湄
一抔含情含禅的金风
在我的心空便开始不着痕迹地
龙翔，凤翥

故乡桃园的门
在皱纹深处继续朦胧
帘外，一蓑不急不缓的烟雨
婉约了一窗摇曳的箫声
婉约了我的平生

一颗隔世的红豆
掀开竹帘，潜进了烛台

在一滴雁鸣中沉思
站成了一支结魄的灯——
该忘的历历在目，该记的披星戴月

往事，唧唧又寂寂
坐在船头听秋风摆渡秋风
一湖有关成长有关爱情的禅说
在桐花万里的写意之间
苍烟落照，可平可仄

清点小字吧
蘸着半阕秋词将乾坤澄碧
再剪一段被铜磬行吟多年的莲意
穿越迢迢的秋水
将对岸的蒹葭绣成一枚刺青

　　　　　　（听陈悦的箫曲《幻月》有感）

水里的绝句

一首绝句在一瓯新茶里
鼓瑟了一觞新凉
几段蛙鸣在碧色秧苗间缓缓流淌
恰若棋子敲落灯花时
别着的幽香

一滴相思乘着一叶轻舟
误入了仲夏的水墨
水与墨的氤氲里百花正自凋残
青梅正自醉影着江南
人间正自顾自地在写意
那么，螳螂的爱
是不是也可吟哦成一个绝唱

水国烟汀的莲衣

始终在为青鸟轻轻地芬芳

此刻,是否可以让半船宋词的婉约

一脚水里,一脚岸上

跟随着菱歌一波一波地荡漾

      (听赵聪的琵琶曲《出水莲》有感)

一钵方言

病入膏肓的相思
被三千梨花带进了空钵
欲将顽疾就此泅渡
孰料,又梦见灼灼的桃夭
正在赶来的路上

叛逆的风啊
吹倦了桃叶渡前的等待
雪,便燃烧起一生的牵挂
趁火打劫的夜亦包围了半截烛白

翻开百度搜到了几根梅枝
架起红炉,想让记忆中
最唯美的那一卷,持续高烧
进而,在一剂慈悲的炊烟之中

看见最本真的自己

当四野煮透了冷香
有人在雪色之渊说着般若与缱绻
说着一管狼毫在日夜兼程
说着亘古不变的禅意
说着滚烫的方言

（听巫娜的专辑《天禅5》之《梵音无相》有感）

37 度的狼毫

惹了急雨的一支狼毫
噙着春的羽衣
夜以继日地
在一页页崭新的日历上
将江汀写暖
将月色溶溶滟滟

白鸥飞舞,拽三五两白云
再栽十亩秀水
环抱两三间青青茅舍
这,是我寻了九曲山川之后
得遇的幽谷秘境
可一半耕耘
可一半付与箫声

箫鼓追春社，衣冠古风存
就让我环佩叮咚
一路向南，御风而行
看鬓边的霜烟再次在掌心里
将初见的旖旎平仄晶莹

如果相思有方向
季节一定也有
那便让我采撷一片贞元之治的记忆
纺织出一匹丽春的霓裳
不诉西风、不诉雪夜曾挑灯
只诉愿擎半个盛唐的气度
浣洗 37 度的人生

（听陈悦的箫曲《绿野仙踪》有感）

月明，茶温

春分之后，夜短了
梦，却开始更长
长到开始在春女的瞳里枕着明月
将苍翠滴遍每一寸轻衣
与每一寸肌肤

而那对剪水的眸
涟着一圈又一圈的春梦
将深情漪在了我的眉间心上

这个时刻
最美的该是斜倚一场江楼的烟雨
烟雨中，几缕琴声
绾着低垂的发丝
结成了半碗铁观音或白毫银针

那碗,那会呼吸的碗啊

是翻了光阴与心音的青瓷碗

酝着品茶人的泪香

也飞逸着人生如茶的禅香

(听喻晓庆的专辑《茶界5》之《一茶入魂》有感)

镜中莲

虚构一个王朝
句读在镜中郁郁苍苍
万点墨魂在八荒之间纵横
昔日的那座可以听雪的山庄
低下了桀骜的头,再一次恳求
却依然留不住贪恋十里桃花的春风

或许也怪那些旁逸的梅骨
倾尽了毕生的爱慕
还是无法与你门当户对
尽管彼岸的月溪
也曾在雁鸣的凄婉之中温过重逢
一段含泪的生命领悟
还是落寞了清筝

或许应该在鹭点沙汀之时
给灵魂拴上一节杨柳枝
凭借着临水照花的万千记忆
将一船洛迦山的烟雨载进禅院
从此,维摩无疾
荷风绕郭,月下泛舟

尔后,扛起一页风雅
见证山河故人心
见证一粒莲的种子如何
安放兵荒马乱
见证一生的水复山重在一炉旃檀里
慈悲,默诵

(听覃晔的专辑《茶禅一味》之《莲》有感)

偷得一日

这一日
当黎明湿漉漉地跃上枝头
半亩心事
便被层层包裹上了千遍的真言
与一阕有关蒹葭苍苍的辞章

几滴虫鸣
将一轮火红的朝阳扶上南窗
秋在不徐不缓的时光中
被清晖割成了短句与长行
颔首，凝眸
袅袅的炊烟正在转日莲畔低吟浅唱

暂离城市的喧嚣吧

在一首诗里温柔地端详自己

一段旧日的沉香

在皱纹里，如涓如浆

这一日啊

即使林花谢了春红

也与远方只隔了一篱的烟雨

我看见你正朝着——

我在的方向殷切地张望

（听龚一的古琴《秋风词》有感）

白牡丹煮雨

七月煮雨,白牡丹掸尘
乱红幻化的魂魄
斑驳了一船月
隐忍了半夏的蓑衣
濡湿了流光琴的眉眼
濡湿了一寸又一寸的生宣

七月煮雨,白牡丹掸尘
掷地有声的雨花
透明了一行泪
贯穿了所有的情节
惊艳了千百句的茶语
惊艳了千川百溪的烟渚

七月煮雨,白牡丹掸尘

红装素裹的香醇

唤醒了一池荷

涟漪了连城的禅心

澄明了一水间的诗意

澄明了风荷肋骨上的妙印

（听巫娜的专辑《茶界七》之《茶叶密码》有感。白牡丹，是白茶的一个品种）

惜流年

惜流年啊
想借六月九十九章的墨绿
筑成三千里的岸芷汀兰
在清芬漫堤之时
朝着你住的城脉脉地稽首

尔后再于唐时的水云乡
绾起十九道禅意
化作一支羊毫
在天青色的烟雨渡口
等半船字带着我穿越千川百溪

一池风荷送来
一墙之隔的记忆
被柴米油盐捣碎了的一椁时光

在眼波横流间腌白了双鬓

也在缠枝纹里编织出最美的人间烟火

日子，也许依旧在疼痛

依旧在轻轻地呻吟

然，月光菩萨的柔荑

定能抚慰生命中的每一寸清寒

（听李祥霆的专辑《唐人诗意》之《野渡无人》有感）

清绝

早春的正午暖阳
慈悲温情了廊下的残雪
诗化了远处的苍凉与心上的萧瑟
是否可以翻出一个能将自己说服的借口
揉捻出一句"忘情"
袭着清绝,扶起上邪

生命的箴言
终于学会了独自唱念
承诺被雀儿遗落在了第五季
一声叹息惊了转身之后的
每一个朝朝暮暮

皲裂的檀板,流着泪
清叩着季节的禅意

我看见了青衣的水袖在款款抖拂
想问要吟出一个什么样的韵白
才能将昔日酽酽的一曲《梅花三弄》
煨成淡若晨风的茶茗

　　　　　（听陈悦的箫曲《梅花三弄》有感）

新房入住有感

即将小暑,思念的汗
尚不能倒影出蒹葭的洁芳
那名被唤作甲醛的艄公
便在书柜等中国元素的木质家具中
将所有的动词推向了夏之水湄

坏脾气的新蝉
不眠不休地喊疼了月
将挣扎的青痕与褴褛的记忆
一次性地典当给了上古的北斗七子
了结了纨扇的气若游丝

将中药西药一股脑地吞下
渴望会在药效期内能够得来五彩祥云
治愈修复千江之上的

那一轮也被病痛折磨的月亮

这一刻，泪光插翅难逃

她们也只能无奈地缩成一枚枚叹词

一边盎然，一边枯萎

植与楚国民歌

等量的绿萝、吊兰吧

让不能落笔的诗句免于甲醛的袭击

从此，你摇来画里的一叶兰舟

画外的我可以倾心倾肺地

躲进《离骚》里

大口呼吸

菊有骨

秋风憋了一肚子气
轮番的冷露新霜也打不疼你
杨柳却开始披头散发
不再袅袅依依

而田野里
来来回回盘桓的雀儿
仍然在不知疲惫地清啼
仿佛只要坚持一声接一声地呼唤
便能留住最后的天高云淡

傍晚的雨顶盔掼甲
再次不可一世地披挂上阵
江南还是塞外的气温
来不及等到天亮

寅时就缴了械
臣服在了隐逸花的裙裾之下

此时的我
于你香柔的怀中
正自恬然安睡
梦见《月令篇》里有人抚琴咏叹
——我等你在下一个春天

六月的梵窗

一扇窗
铺上了半面黄昏
在这个六月
在这个梅子黄时的六月

染了黄昏的窗
无论关上还是关不上
都会在时间也无法修补的风霜里
打湿回忆中少年如剪的双眸
彼时,泪香印墨香

如是可否容我起身
安静地拈香
相信一炉白檀的慈悲
足够唤来一檐最爱的江南烟雨

从此,在小镇

允我静听时光的清泠

珍藏起与你初遇的那个春天

以及三千里的霁月光风

自此,凡行听梵行

    (听陈悦的竹笛《幽兰逢春》有感)

兰舟上的心经

荷香爬上岸
沏兑了半壶禅意
清华了荷韵染透的江南
清华了苏东坡的半片《西江月》

问：谁曾在月下垂钓
一竿念系当中
故乡的风平仄了谁的心经
再问：你可曾知
心之经的兰舟从来只在为你等

几句借来的词韵
纹开了被风吹皱的情结
当酥雨重又润透素洁的荷衣
是否恰逢你的归期

等待，从来就很漫长
呼吸却近在咫尺
吐气如兰的等待凝固着两岸的空蒙
化作了圆通大士的鱼笺和雁书

（听巫娜的专辑《天禅六》之《心有归处》有感）

张继的风马

是否张继的枫桥正红
是否夜半的客船
早已将几支跳跃的渔火
在雁鸣的清远里跳跃成了
最人间的吟哦

依旧是那口悠悠的钟声
依旧是那座悲悯苍生的寒拾殿
当一脉檀香腾挪缭绕
一枚在江南渴望重逢的灯花
便剪断了雨的清寒

故居门前的青荇
被书写成了少小离家的清词
与一幅乡音已改、鬓毛已衰的断章

其实，我真的极愿能为你系一面风马旗
在念念不忘的真言里
左脚裹着风霜，右脚踏出沉香

（听陈悦的笛箫版《青石桥畔》有感）

与岁月彻夜长谈,只有你有幸一览无数江山,享诗人的孤单,慰光阴的清寒。

第二辑

一眼千年

脊梁
——毛主席诞辰之一

来
饮一杯酒里的明月
让苍冷与苍茫
在生宣之上
丹青出一怀倾慕崇敬的远方

夜
沿着历史的琴声
辽阔，悠溶
你的故乡
这一日
满岭满坡满眼的映山红
红透了千尺祥云
醉成我心底的诗章

这一刻

龙腾九州,红旗漫卷

这一刻

风雨潇湘,诗眼望尽了春的霓裳

这一刻

你提灯远行,从此百花琳琅

一场雪

凌绝着万里的风骚

你将长城的雄魂

横批在了东方巨龙的脊背之上

你用梅的骨骼挺起了南疆与北土

从此,你主人民的沉浮

护佑
——毛主席诞辰之二

你从韶山冲走来
从此,我沐浴了万匹霞光
你将战与火
用草鞋与布衣一一卷起
你挥斥方遒在历史的硝烟深处
缔造了新中国

今日,我看见了五星红旗
染着无数英雄的热血
在九州大地的每一个角落冉冉升起
我还看见了古老的鸾凤在腾空
一千亩的杜鹃花
正在点燃一千个春天的灯笼

我也看见了
千古如画的江南正冬青
天辽地阔的塞外鹅毛大雪正流觞
而远走天堂的你
依旧在呕心沥血地护佑着
你亲手缔造的新中国

七月华堂
——建党百年

有一些诗词隐藏于人间

一百载,一百载

她是在春风里酿造的一壶老酒

熏红了龙的大好河山

熏红了东方的《诗》《书》《礼》《乐》《春秋》

熏红了浅溪

熏红了华堂

今天,我要沐浴更衣

愿为你跪天拜地

跪烈士的鲜血,拜继往开来的贤者

还要再多敬献一顶花环

让梅子雨在七彩丝弦之间

给母亲再铮铮出一袭清香八万里的偈傥

倚着北斗,染着霞光

十月的醉从心上来
——祖国华诞

这一日
纷芜杂闹的四野
停止了全部的
有关输赢有关悲喜的你我他之争
皆与那个熟稔的名字相拥

这一日
醉从心上来
有龙之五千年的蔚然蒸腾
有长城千载与琵琶作胡语的悲泣沧桑
而我,不再年少的少年
始终愿意为你一蹄踏碎西风

这一日
时光——静
扶起了壁立千仞的豪言
让肫诚与动容
一寸一寸地爬过六腑五脏
而我们的未来定会被五星红旗护领

鸣沙山

我的夜,如水
风声拿捏着红尘的美
在那沙的尽头啊
可否向时间讨一味初色的醉
让回忆无悔
让丝竹为爱和鸣出永恒的丰碑

带露的月写满了相思
说着时间的唠唠
说着神沙山的传奇
说着飞天东来,说着黄沙万卷
说着"大漠沙如雪,天地无边界"
说着啊,说着啊
这是一场亘古流淌着的梦寐

月牙泉

时光卷起了时光的珠帘
举目,长河落日圆
圆在了丝绸之路上的驼铃前
高悬了千古的《大唐西域记》
便在烽火台畔,一蹴成篇
一节一章皈依着人间的炊烟
一里一亭说着那年春风中的长安
一呼一吸,铸就了民族的脊梁

夙愿在枕边撒网
捞上一汪名叫月牙的泉
化作了一幅汉时遗落的竹简
那么,假若虔诚顶礼
是否就能在那年的明月里与你相见
此刻,你的眼泪

惊天动地地落在了泉边

绽放成一行行的真言与爱的诵念

　　（听覃晔的专辑《茶禅一味》之《远》有感）

西安古城墙怀想

此刻,能否
在落日渐渐熔金的边缘
将一墙蕴着生命气息的文字轻轻抚摸
然后,将目光幻作一管竹笔
书就一竿怀想
在梦中垂钓梦的眷恋

当岁月叠香之际
遵循着暮鼓晨钟的导航
奔向万匹紫霞雕琢过的风骨与气魄

此刻,能否
与千年的时光脉脉对酌
让一帧潮湿又苍茫的水雾
冉冉升腾定格成一抹心尖最爱的

最爱的那一抹中国红

于是，挑起一挂
朦胧且涟漪渺渺的心事
听风曲径通幽，看花娴静落堤

此刻，能否
捧来一轮明月
平仄出诗人的咏唱
也说每一块青砖都宿命着相遇
也说每一个垛口将相思一寸寸地看透
也说你在月里，也说我在月外

也说企望三尺春雨
绵柔舒婉地唱遍城楼
等，你我在人间的羲和中慢慢鲜活
逶迤出举世无双的丹青水墨

起起落落的文字间,种下那年、那月的模样。借宿人间,往事与莲事始终只隔了一条街,缤纷且清寂。择水而居的光阴,蒹葭古色,莲台古香,墨迹干净且清芬。

第三辑

人间旧句

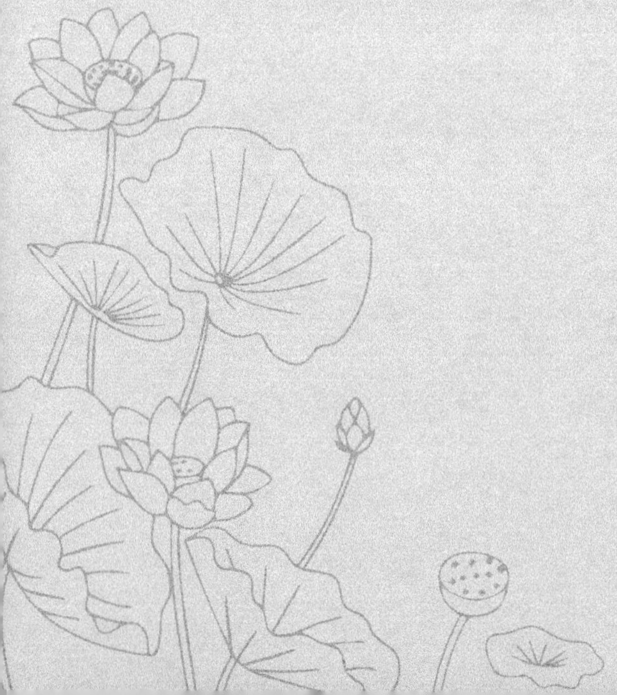

睡春风

是不是可以
是不是真的可以
将
忆
睡入春风
睡出个半壕春水一城花
不说多情却被无情恼
只将燕子凌空划下的一线弧度
划向你的心空

是不是可以
是不是真的可以
将
爱
睡入春风

睡出个碧天露洗春容净
不理入淮清洛渐漫漫
惟愿这份潋着亘古的厚谊深情
不负我的笔锋

是不是可以
是不是真地可以
将
字
睡入春风
睡出个月和疏影上东墙
犹记故人久立烟苍茫
犹记山色空濛出的一匹笛声
等懂的人认领

（听陈悦的专辑《新忆》之《亘春》有感）

当归
——写给太湖

牵着时间的手
想去太湖的烟岚沙渚之间
找回梦里遗失的霞辉
然后去环抱
被千里碧波浣洗的旧时与旧诗

能否容我在诗里
为自己刺绣一条悠长的雨巷
撑起记忆中的油纸伞
着一袭素色的旗袍
款款地将多年的相思脉脉写意

此刻，白露未晞
月光被修辞得恰到好处

为故乡写一笺情书吧

静静咀嚼那些藏在法令纹里的从前

刹那间,暗香袭来

一味中药穿越了生老病苦

含着盐也含着甜

——当归

（听覃晔的专辑《茶禅一味》之《梦》有感）

昆曲里的成全

扯来一匹流云
权作长亭古道的送别
然,赁来的蓑衣终是挡不住
翻越万山的落寞

如是,静看
如花美眷与我一水相隔
说我的家住在江左

细雨如丝如绵
缱绻了几缕笛声与箫声
此刻,将珍藏了一个季节的墨花
泊进了一炉袅袅婷婷的澹烟
匀净了心上的半片词阕

一亩文字半开半合
写意出在红脉之间蜿蜒的
——昆曲时光

听，那青衣的韵白
婉转着谁家的一天风露
低飞的燕儿又在为谁
呢喃着一场声势浩荡的杏花吹雪

还有，那抹在楚辞里
长醉不醒的灵魂啊
你可愿点燃一整个春天的檀香
来成全
人间的最温暖

（听喻晓庆的专辑《夏风》之《昆情》有感）

你，不只是路过

一直知道你只是路过
我，却要用一生来告别
此刻，听风将一湖春水吹皱
乌篷船迷失在了四月烟雨的尽头

烟雨的尽头
思念的倒影潋滟着最深刻
最深刻的思念潜入了被风吹皱的春夜
那将是永远不能完成的一幅画作

一直知道你只是路过
我，却要一再地将往事折叠
打开或者尘封一城山水
落款时，流光的长堤依旧古风清冽

能否给雨巷一个继续等待的理由
能否用明天赊来一场长醉不醒
让梦里的无字经书
可以寻回有你的那一页

一直知道你只是路过
我却隔着绵延不绝的雨韵
让思绪在桃花渡上来来回回地听写
让心跳在清越的橹声中下嫁

几滴鸽鸣,夭夭灼灼
小字红笺缱缱绻绻
寄向了千里之外,寄向水天一色
待星河万里,与子成说

(听陈悦的箫曲《桃花渡》有感)

九九消寒

最后一个圆月夜
放眼万里关山
一半，卸下了忧伤
一半，搀扶起春的门楹

故乡在右手苍茫
你在左手渐渐丰腴
那年的月色作了往事的封面
封底，一盒胭脂红了飞雪

狼毫在时光的沙漏里
雍容清雅着腊风
九九八十一次
画出了明朝的一个杏花满天

此刻,且听
木鱼敲暖了光阴的黯然
敲醉了人间画梅
敲来了雨的香讯

孤版人生

西南风将暮春的翠
劈成了段,劈成了块
——她们应该是人间四月天里
最清丽、最耐读的句子

就好像一滴上好的徽墨
渗进了心头与肺腑
落下最美的钤印

风的长调纠缠着长锋羊毫
雨在墨里被渐渐潦草
仿若怀素手帖般欲将伞骨吹折

其实半生的鏖战
伞或不伞,谁都永远修改不了

已经出版了的人生

风和雨,结发绾袖
山川自画着凄迷之中的瑰丽
将自己浓缩为一行唐诗吧
然后,写在雷电交加的宣纸之上

四面八方的雨啊
正好用你来煮一坛三春花事的祭酒
那就舀来一瓢吧,虔敬举起
让我们与四月所比赋的所有意义
豪放或婉约,一饮而尽

人面可还桃花

季节乱了分寸
半片残简泄漏着心音
谁在以一个幽香的执念
叩打经年的门扉
谁又以二两清雨的绵绵投石问路

将几滴绯红的文字
掸进大好河山
于是可醉,她织就一匹霞光
于是可拥,她驮回十里春风

然,旧时的月色
载不动时间的铜锈斑驳
有些故事注定会在绝壁的另一端
自顾自地嫣然,自顾自地飞烟

而参差不齐的记忆中
那个唤作"长安"的地名
也只能在大 32 开本的中缝千回百转
从此,无人再提
那时为临花颜,立中宵

梅花的补丁

数九天的下午
近似我的后半生
骑着金凤凰的一米阳光
压在了顶着霜花的寒柳的肩上

一抹做过卧底的流霞
勾兑出一盒岁月的胭脂晕
在我的南窗，登堂入室
刚好赶上季候风正从你的家乡吹来

取来绿檀质地的戒尺
度量着半生的言行
一面挣扎，又一面沦陷
一面破碎，又一面重生

或许,只有在肋骨之间

嵌上半块月亮,给心魂当补丁

再下载一个良辰吉日

蘸着雪色,才能修成蜡梅的模样

(听凉月的箫曲《心如止水》有感)

淑芫笺

雪蝶抱着瑶琴寻来了新韵
记忆里的洁白玉容
被低空盘桓的喜鹊啄伤
一枚落叶将身挤进了我的书房

轻蘸他乡冷暖不均的墨
写意一页那年的风景
落笔之间，藏起秋天的离殇
藏起与你的过往

兜来一簪太和的琴语
不言指缝太宽
只念写了数载的小楷和小篆
在一弦禅音与墨音之中
可以遇见故乡那只招魂的青鸢

给乡愁一个唯美的脊梁吧
让倾肺的檀意温暖我的漏窗
窗下，一炷上品的沉水慈悲地入定
慈悲中，我读懂了生命的含量

其实，我一直都明了
我与你今生只隔了一纸的距离
纸上是淑还是芜
都将会被你画作荷的模样

（听喻晓庆的专辑《天禅5》之《太和玄音》有感）

相思十三月

正午的阳光
擎着神光的莲台
暖化了堂前雀儿的爪印
诗化了远处的苍凉
与心上的萧瑟

流光无声的婉约里
能否寻来一个
可以将自己说服的借口
只念红尘寻春马
不念"花有清香月有阴"

生命是一场单程的途经
有些驿站是一定要自己只身前往的
当承诺,变得无助又仓皇

曾经的簌簌衣巾
便被遗失在了十三月

一声利落的檀板
托起了长长的水袖
且容自己为相遇拈一个兰花指吧
用一生的唱词煨煮一壶琼瑶
将红泥小炉挤出画外
唯留相思如雪

江南印象

整理着残缺的往事
记忆深处的江南
便在一方天青色的水墨里苏醒

顶着千年故事的一行白鹭
在乌篷船的上空
衔起了有你的旧时光

在蒙蒙无痕的水韵之中
做一个五体投地的礼拜吧
期待可以重见母亲
将故乡的炊烟一丝一寸地洞穿

掉漆的格子窗,墨痕莘莘
还是没能锁住那份刻骨铭心的光阴

相思清清浅浅,却足够打湿了
一帧帧画纸,一阕阕的独白

桨声推开成了一湾碧色
照见了小桥流水的风情与温情
然,我始终在远方
在你的琴弦横渡不了的彼岸

(听赵聪的琵琶曲《江南印象》有感)

又一春

时间有棱角也有边界
亦会有一蓑烟雨
静静垂堤

只一个不经意
几点小梅俏然入画
谁在描摹素净又淡然的日子
谁又被册封了春风十里

蘸一脉松墨
点燃半个回廊的旧诗
可以取暖
亦可以为伊引航

再煮一壶莲子茶吧

邀流年共饮

当心香染透了远方的渔火与记忆

陌上，人与春花并辔归

女儿，红
——观旦角舞水袖

是不是
埋下一个关乎女儿红的梦
即会调制出一个
有你的春天
不失温情
亦不负经行三冬时的风骨

是不是
噙了一片丹心
就可以在唐诗里沐云迎风
让岁月的花窗挂满深情厚谊
不再遮遮掩掩

于是,你的清影
在画里画外自由灵逸地穿行
来,斟一杯王维的空山新雨吧
就着诗意将一怀无法无天的文字灌醉
将女儿的梦彻底浇红

于是,任凭
一朵两朵的小桃花
嚣张地在你的眉弯妩媚妖娆
——不管水袖抖拂时
撩、绕、挑、翻、抛的
是缘还是劫

一篮杜鹃花语

夜风，凉如水
几点新绿在梧桐雨里落落寡欢
一滴眼泪飞离了春的枝头
偎进了眸间取暖

从你家乡吹来的风
正追着落香，将时光的韵脚
别在了我的眉鬓
蕴着叹息，也蕴着花事

你在的方向
始终是季节寓意的温度
其实，七分熙暖与三分清夏
早已足够提起一篮杜鹃的花语
夜夜陪我话说传奇与平常

思念若匕首

思念若匕首直抵咽喉
割断时间的卷轴
割痕的尽头
可是爱的最美伤口

三次元的时空里
你用一场与生命等长的温柔
豢养着被一地鸡毛封印的情咒
刹那虚构,又刹那永久

即使隔着梦也隔着楼
我还是听着了你的呼吸
出卖了你的心事
销熔着转身之后的踟躅与怅惘

如果相遇是个错

那就甘愿将错就错

——向岁月讨一壶老酒吧

再讨半面纨扇,潦草出一叠小字

管它扇出的是绿肥还是红瘦

花之祭

半阕意识不清的宋词
在相思的维管束之间踉跄着
而你忘了来时的路
潇雨一寂再寂,沙浅波倦

被黛烟轻轻抚摸过的渡口
是你遗世的缕缕芳馥
一痕着了水色的玉色啊
正一寸一寸地窈窕着《诗经》里的蒹葭

静静地摩挲装裱
一个轮回里的红豆白烛
你知,我真的愿意向天空递一封家书
而不是一页华丽又沉郁的诔词

只因,那些叠在烟渚里的故事

若不能在砚底留下碑刻

那就容我在氤氲了香与殇的时节

一笔拓开笛声中对你的爱慕

     (听陈悦的竹笛《乱红》有感)

当你老了,月白墨清

1 晨昏

清晨——
将土豆切成均等的小方块儿
配以六七朵鲜嫩的香菇
用一坛岁月如梭的温香轻柔搅拌

点上半钱薄怨
再舀一碗深情作汤
如此,新诗落款处漂漾的
尽是相爱的滋味

黄昏——
慢慢捻着几首农谚
播种在彼此日益消瘦的素颜之上

顷刻，白月甩掉了鱼尾纹

炊烟于缕缕的檀烟里
脉脉地抽丝剥茧
帘幕之外，墨花于鬓间沾雪

2 楼上楼下

楼上——
轻轻的几声咳嗽
也就持续了二十一秒
即会传来略带紧张的踩踏楼梯之音

而宠溺的问句
则抢先一步钻进了耳底
是唤我来给你清点又添了几根白发吗

案前——
一本泛着黄晕的线装《史记》
在紫檀木摇椅的左畔
一厘一厘地滑落

那一刻，摇椅的频率款款缓缓

指尖的书香
与心尖的沉香缠绵缱绻
你说，这些都是我打盹时的清雅

3 入诗入画

誓言——
在枕边绽放了一汪祈愿
许一个长相厮守的春天吧
从此，春风十里噙桃
从此，要你不伤、不病、不老

相知——
即便没有半斛桂花酿
四目凝望之际
流转的
依旧会是一壶微醺的冰心

或许世事的苍凉

早已踉跄了朱颜绿鬓
而南朝四百八十寺的烟雨当中
入诗入画的
依旧还会是互相搀扶的身影

那时，适逢楼台之上
有人正在吟诵——
琴瑟在御，莫不静好

流光打马

来不及,等窗外的雪白
斜逸成书案之上的浣花笺

来不及,等满室的檀之香漪
将一帘春熙轻轻地悬起

来不及,等燕儿衔来你唇尖的胭脂
恋作一枝相爱的诗意

斜阳的影子
就在流光的腰间短了
三五滴清幽的箫声
便在风中吐出了两个人的小名儿

顷刻,腊月的第一朵梅花

惊艳了四季尘埃

惊艳了十二花神

惊艳了为你独家定制的胆瓶

原来流光打马

原来思念终是藏无可藏

今夜啊，我若能插上月光作翅膀

是不是就会抵达一直想要的

那个只属于我的水乡

尔后，在乌篷船的咿咿呀呀里

捧起一低头的温柔

蘸着鬓前的银霜

与眼里的泪光

将除夕的红灯笼脉脉点亮

（听覃晔的专辑《茶禅一味》之《归》有感）

一封邮件的距离

零下十几度的气温
早早地在劝着路上的行人回家
而被无数人唤作婵娟的月亮
也消瘦了许多,冻得
冻瘦了的还有城外的芦花

昔年,昔年
你说冬天你那里很冷
从此我便开始
用所有上衣偏左的口袋
一缕缕地收藏阳光
怀想着亲手交付与你的那个瞬间

而今我改了名字
你换了国籍

万水千山的不是距离

青丝、白发也不是

一封邮件就可以送达的暖意

早已经悄无声息地

丢了主题

真言
——又回苏州

初冬的傍晚
两片秋天的最后落叶
迷失在那年相思的路上
误入了另一个季节
那时桃花十里,那时笛韵半林
悸动了一副心跳
悸动了记忆中的春风与诗行

抱来熟睡的落日
温一壶陈年的桃花醉吧
一盏,只一盏啊——
相思便惹疼了一世的眷念与辞章
不想叙说出走半生的荣辱得失
唯想问今夜的冰轮

能否曼妙出你的绝世清容

一段平江河的光阴
悄然在欸乃的清歌里慢慢复活
可否容我撕一段月辉
化作心头永远丰润的荷
而后在荷边撒网，捞上你
然，一声叹息打湿了爱的真言
你的美，在对岸不只因遥远

人间理想

雪花在老谋深算地布局着
让我的思绪不得不滞留在雪窝窝里
无情无义的西北风啊
嚣张地敲打着我的薄款棉服

失去呼吸的枯草与我一边惺惺相惜
一边阻止双眼不要溜号出轨
不要伸长脖子,渴望那无垠的雪色之间
会有桃花在冬天的肚子里晃悠

想问问那棵百岁的老桃树
是否要真地鼓起腮帮子、抡起拳头
与漫天飞舞的雪花大战三百回合
才能得到桃仙的指引,寻到你在的方向

这个琼花遍野的季节啊
浪漫的诗句在一层一层地堆积
我的家门钥匙就这样被雪的诗意掳走了
容不得我去想，也容不得我去捡

这个寒冷的夜晚
钥匙啊，你可听见了风过陇上
你可听见了我对你的呼唤
你回来吧，我想撮一筐雪花
与你共煮一壶最人间的暖心粗茶

洗劫

北风带走了残阳
最后一枚蜷着身子的秋叶
耗尽了最后的韶华
在半片《钗头凤》里静静地陨落

放眼环望,嶙峋的堤岸
被雪意韵白成了——
念去去,千里烟波,暮霭沉沉
这一刻,我的城分外地冷

孤独化作的一坛烈酒
沿着往昔的屋檐
洋洋洒洒地被泼下
或许只有失去之后才懂了
爱,真的又疼又无助

篆书纹样的香

在心头寂寞地秉烛鏖战

一更催促着一更

洗劫了青丝与白发

洗劫了纳兰容若的千帐灯

（听陈悦的竹笛《惜别离》有感）

蘸着碘伏落款

站在四月的封底
回忆被岁月的尘埃做旧
谁在听着一宵冷雨
劫持了人的丰神与花的风致
谁又在温柔的伤痕里重蹈覆辙

站在四月的封底
谁用熬红的双眼轻叩城门
谁又在城头搅起了一阵劲风
撬开并揉碎一直被纱布包裹着的
人间最落寞与最春天

或许,心照不宣地
用蘸了碘伏的句子写完前半生

落款,即会得来

一只古香古色的孔明灯

以及迦陵频伽鸟的妙音声

不朽的圆缺

将对你如诗的思念
化作一泓水墨
在此刻平仄当竿的日子里
借来一船江雪独钓风雅

思绪被几个动词
拽回了旧日的窗下
问明月：可能将相思酿成
一个烟花的三月
是否，在相遇之初
即扶起了跌倒的皎皎与踯躅

拎一管红尘寄居的笔
将前路在记忆里写成一个绕指柔
当吟醉了纸上的万里山河

红枫便唤来了天酒

轻诵只属于你我的章节吧
问明月：谁将深情沁在了唇齿
欲说还休，欲说还休啊
欲说还休的那一句
终将圆缺写成了不朽

（听李祥霆的专辑《唐人诗意》之《独钓寒江雪》有感）

碧螺春里的乡音

一副豁牙露齿的拐杖
撑起冬日戚戚冷冷的黄昏
半城的西风,强盗般地骤然来袭
劫持着半城居无定所的雪花
吹起了一汪在《人间词话》里漂泊的清泪

其实若肯俯首,只需一个圆场
纸上就会长出故乡的烟雨
那些人间的相聚离别啊
任那绝世的青衣吐出怎样一番韵白
依旧走不出一岸的蒹葭苍苍

时间被困在了关山的夹缝
它在挣扎,它在放弃
最后,一兜烟岚湮没了生动与疲惫

半钱碧螺春搀起了回家的路

等两垄回魂的乡音，温柔煨煮

（听陈悦的竹笛《爱的故乡》有感。碧螺春，是苏州的特产）

溅玉冰清

东吴的一记钟声
跌在风雪之外
远客的心便在琴弦上
化作了一匹纯素的绢纱

藏起了眼中的月
听江北的相遇流淌着天地至静
而江南的旧日光阴里
我的呼吸浅了再浅

寻来杜甫的一首绝句吧
轻轻地托住瑶琴
上下，进复，吟注
滑音出一朵又一朵的溅玉冰清

似水的宫羽啊

浣洗着满庭的梨花白

静待你与我可以一剪窗前的兰烛

摘得只属于我们的风景

一帧有关你的蝇头小楷

散音在干净的指尖

撮着几滴相思在唐风中往来出入

"我有嘉宾，鼓瑟鼓琴"

可否追随一行白鹭直上青天

将一份澹然与清然

按音于紫杉的浑厚古朴

让浸在心底的清澈清越又悠远的至爱

可以在千年的梧桐温香里渐渐长大

注进诗，与乐的幽微松透

此刻，琴台的周围

你的千年风雅正在冷冷淙淙

拂起了好雪，又十丈

在苍烟落照里，在旧时茅店社林边

挑抹出了一场又一场的

天地人的太古遗音

(听李祥霆的古琴曲《窗含西岭千秋雪》有感)

"魔"作证

日日夜夜
想寻来那把玉清扇
想一次将你留下的呼吸
扇去极寒之域
岂料却将你围堵在了
伏羲琴的隔壁

信仰坚定的指尖
在《诗经》的几百篇中
气急败坏地逐字逐句
只为找到一个可以让宿命
将无情无义高挂林梢的修辞

最后,月辉旖旎
春水旖旎,似水的柔韵

将二月的春风紧系
在风与风之间,在桃花与桃花之间
魔作了证,春在春里
爱情在爱情里

云服务

换了一部新手机
最美的相遇
因了"云服务"的保存
与心不离不弃
云端本无酒却微醺了一床月光
弄疼了一窗流浪的箫声

屏幕被划出的五色清霁
诉说着多年的清欢
然一往情深只能在指尖脉脉飞渡
尽管字字句句
铿锵了渺渺又迢迢的斜风细雨

爱，在落红深处哑然
在烛光的泪流中流淌着往事仓皇

试问要将钧瓷碗中的青墨

调至成怎样的浓淡

我与你，不再隔着狼烟水练

你与我，不再隔着冷暖人情

　　　　　　（听陈悦的箫曲《岫壑浮云》有感）

也是伯牙的缘

赊来一匹素绢
裹起雾霾的满目疮痍
想要凭着一抹瘦骨嶙峋的记忆
画出一幅昔时的清润与思慕
再寻得一叶梅月的兰舟
将爱,倾城泗渡

流光斑驳着小筑
披了一身春秋战国时的月色
如果那些最真的记忆
必须孑然于烽火狼烟之上
锁骨间的莲儿
必定要历经无限的伤楚

铭记或遗忘

无法原谅的都是自己
一别便成为永远的遗憾
留给了呜咽悲怆的一缕缕琴声
曾经的兴尽晚回舟
站在风中，泪落如雨

北风，裂焰
在带着划痕的琴台畔放浪不羁
无羁的，是少年恣意打马
踟蹰的依旧在红楼反复地问着曹公
伯牙绝弦，因子期
我，就该孤独一个光年

（听巫娜的专辑《天禅2》之《亦真亦幻》有感）

此刻风起

此刻,风起
指尖的一缕墨色
在茶语里扶着影子
翻破了三藏十二部以及《四库全书》

再将半盏杨枝甘露
缓缓地喝下——
无论得来怎样的一番通透
人间始终都会有一盏孤灯的辗转

此刻,风起
当梅月再次浇透了悠长的雨巷
半夏就在半船的琴音之中
曳舞着一江的芷若小字

谁在二十四座妙音桥上
唱、念、做、打——
那些在有限的空间行走着的花笺
只为一个你，或凋零或绽放

不惑

起起伏伏的路
驮着捉襟见肘的日子
栽栽歪歪地走过了几十个春秋

此刻，哆哆嗦嗦的几颗星
爬进了有些枯萎的月光之中
在一株墨竹的张望里
用时光的眼，将我的泪抛弃又珍藏

深深浅浅的光阴啊
可以软了心肠但不可软了骨头
一地鸡毛在一个回眸里
将岁月的苍茫与窘迫静静地看破

光阴依旧在中流击水
有人在散白着在河之洲
有人在直播着西出阳关

北方有月光

心尖最美的那道风景
在农历十月初一的暮光之中
突如其来地遭遇了搁浅
冷涩逼仄的味道
窒息着回忆的尾巴

掬来一片冰心吧
装进一把唐时的玉壶
以此可以将两岸蒹葭的清白
种植在你我的窗前

是的，白露承诺过的在水一方
此刻正在放眼环望
你的白衣在旧日荒置的滩头
弄皱了一截北方的月光

生命的渡口低眉顺眼地

站在生命的渡口

等，一行梅花小楷蘸上岭头的雪色

煮出一坛清冽四溢的梅花茶

静静地轻捏微颤的指尖

捕捉到扑面而来、桀骜不驯的北风

在袖间写上你的叮咛

然后，轻枕一方残砚入梦

梦中又将会是一怀环佩叮当的春之声

（听陈悦的箫曲《苦雪烹茶》有感）

与回忆共饮
——再过大学就读的城

这里,时间从未停止写意
一垄一垄的思念
将飘逸又赤忱的文字
写满了一碧如洗的天空

可否沏来一壶茶
与回忆静静地对饮
然后,过滤掉半生的漂泊
掬捧出几缕少年人的青葱恣意
装点往日意气风发的白帆

然,有些直抵肺腑的心思
一直都很难给这个世间一个清晰的提案

或许当再次竖起冷硬漠然的衣领

遁进人潮与人海之时

真的就只留下了曾经一起听过的钟声

春夜借书

裁剪一匹春夜的微凉
披在四月的美肩
再就着一方旧时的歙砚
将你的名字在万里长风的襟袖
写上三千又三千遍

一支故园的紫竹洞箫
将梵意吹进了昔年流连的瑶塘
一本泛黄的毕业留言簿
仄去平来,在尘香里淡荡

借几枚易安的小字吧
备在疏钟的眉眼
等时光稀薄时光的谎言
然后,静静地收藏起光阴的沉水

慢炖那年、那月、那一日
那山、那水、那一春

（听陈悦的箫曲《春江花月夜》有感）

四时有序，流花流香。那么，可否与之换得一壶冰心，冰心之中，流光依稀寂静，耳畔依稀清音，依稀背倚古藤，静等一盏斜阳，与我温柔对饮。

第四辑

时序清漪

梅妻
　　——立春

在梅子青瓷的留白之处
晕开了仿宋的孤意
点染梅的花衣
点染心上的字字句句
点染清莹莹的筝语与春之赋

暗香悄悄地绵腕
一行来自久远的吟哦
在故乡的旧池塘里无声逶迤
久久蛰居的这支秃笔啊
真的该出去走走了
孰料，误在了北宋的孤山对岸

我看见了一场漫天雨花

在国清寺的门前,洋洋洒洒
我看见了曾经的自己在佛前长跪不起
在隋代高僧章安大师的梅花树下
将生命的轮回只为一个人眉批
要你,做我生生世世的妻

(听陈悦的专辑《新忆》之《山无陵》有感)

浅挚绊离兮
——春分

春分,春分——
一枚光阴弦上的休止符
在一半浅挚一半微凉的昼夜里
分庭抗礼着岁月的一蓑烟雨

一只水晶盏,半醉半醒
在亭前放飞着刘长卿的纸鸢
谁把春光分一半,谁见枝头花历乱
谁在前生的青草之间失魂落魄

月惭红烛泪啊
半切着时光的脉搏
转瞬,两排贝齿咬疼了生命的格言与纹理
落笔之时,烫金了一身花色

种子醒了
——谷雨

赖在窗前的夜
再也藏不住季节的谎言
满城的风声
在一路快马加鞭
电告春天真的要来了

然,没能抓住真正的题眼
我看见了——
一枝绿萼梅在风中
娉婷摇曳了一张绝美的花笺

少年时就留下的"陋习"
写完诗总是要封存一段时间
淋上一杯绍兴老酒

抑或一曲《春江花月夜》

当字字句句渐渐被暖化
心间的雪融进了泥
那粒在祖母肩头酣睡的种子
便于农人的老茧之中
打着哈欠
醒了

诗梦了无痕
——立夏

亲昵,许给了了无痕迹
暮春的霏霏雨意
便在晴川之下荡开了睡莲的丰腴
一幅被绿野修剪出的一坡怜惜
拓满了清芬与静谧

在心上供养一道琉璃火吧
篆上炊烟的寄语
不言窗前的烛影在渐渐地模糊
唯将喝得东倒西歪的杏花酿
扶上雕鞍,一骑绝尘

蹚过雨色,揣着遗憾
将梦里梦外一缕干净的目光

种进行囊里的十二平均律

夏,便在飞越了万水千山的清音之间

拍击着南国的大门

拍击着王维怀里的那颗红豆

(听陈悦的竹笛《痴情冢》有感)

一柄莲叶的距离
——夏至

衣带渐宽终不悔的蝉鸣
在夜半时分的枝头
将四序唱到了一阴生
从此日子在水里开始豢养仄去平来

华觞盛着的远山岫壑
在一丛丛高树的边缘越见葱葱
半夏在远近高低的绿筠之间
悄悄然、俏俏然地将日影抱了个满怀

夏九在璇枢星宽阔的袖口
涟漪着幽香与禅香
静等藕花初谢
将最长的白昼沉香成夜的十里红妆

一把旧时王谢堂前的纨扇
将风荷淋漓的香汗
散向对岸也在张望的格子窗
此刻,我相信我与你真的就只隔了
一柄莲叶的距离

漱玉的等
——立秋

夜雨，清寂
若那年渡上搁浅的相逢
泉水，清凉
淙淙着故人久立窗前的泪光

时光在风雨中日夜兼程
却始终追不上红花化红泥的脚步
那些趟过了稻香蛙鸣的曲折啊
又能否编织书就出
只属于你我的那一段深情

等待是相思的衣裳
夜夜穿在了彼此的身上
扫净琴台左岸的浮尘

凝眸那本穿越了时光的《漱玉词》

她照见了——
碧血青藤的遗憾纠葛
她照见了——
你在月中、你在镜中、你在梦中

而我匍匐在昨天与明天交界
静静地等待
等待一篙残荷的清骨
横卧明净的秋水
将你拥入怀中

（听陈悦的箫曲《良宵》有感）

半面妆
——大暑

一半，在水里妖娆
一半，在镜里雅逸
一枚时光滚烫的鱼尾
纹在了眼角眉梢
纹在了为你亲笔的半部诗抄

一声悄然的喟叹
被一院烤熟了的桐叶平仄
那些被刻意疏离不敢碰触的情节
是否真的可以凭着一曲箫声
吹出一地清凉的月光

又是否透过旧时的小纱窗
即能看见长亭的酒旗醉倒了一亭的清风

着了诗意与酒意的清风又真的会告诉

你的半面妆在风吹帘动之时

只会为我一个人清漪

　　　　（听陈悦的箫曲《帘动荷风》有感）

锦书
——白露

日子在化着淡妆的门里
蘸着几滴墨,勾勒出一脉秋色
门外,伊人也卸下了舞台妆
吟哦着白露未晞

欲燃的一船枫叶
像喝了一碗忘情水
在视线不可及的江湾
在心之月披着佛净衣的田字里
渐渐地被湛然

谁在沐浴斜阳
谁在斜倚岁月的眉眼
谁在裁剪着几匹落霞

用心地编织出栉风沐雨的锦书

此刻，可容我轻轻地问一句
倘若目光的温度足够熨帖
兼葭足够清白
你是不是在字里行间
就能为我再次播种一池清妙的莲花

（听陈悦的箫曲《古刹》有感）

东篱不敢把酒
——秋分

能否,扯来三千里秋香
在一炉太行崖柏香的清芬里
打造出一把金色镰刀
收割着昼与夜比肩时分的阳光

然后,再于祭月的周礼中
让三千婵娟飞逸紫箫
让今夜的我与之同清照
然,又怕驼背的往事弄疼了远方

当一束菊的清芬
别在你的窗棂
黄昏后独自不敢再把酒
暗香依旧啊,谁在望眼欲穿

谁的等待又在一蓑秋雨里千回百转

心事在黎明嘀嗒着蹉跎
是不是你留给我的
只可能是一叠又一叠失眠的夜
是不是我的思念比菊花
开得还要婉约

在旧日相遇的枫亭边
捡起了几枚落叶和着关山同煮
一饮而尽之时
指尖的一抹石榴红
妩媚着一滴剔透的秋露
染在了眉间心上

(听凉月的箫曲《叹惜亭》有感)

秋样儿
　　——寒露

此刻，恍若
左眼梦里，右眼梦外
梦里还是梦外
是不是我真的必须收一收深情
而你应当止一止秋兮如风

枝头最后的一段光影
剪辑出了曾经满园春色关不住
那时，心底的一脉朱砂
在眼底临摹成了一片汪洋

秋老了，真的老了
孤独纷纷地滚落了下来
或许老了的，还有你与我

那么，可否还愿意在黄昏的东篱边

偷一块秋的心骨酿酒

待等百年之后

依旧醉成记忆里的模样

（听陈悦的新专辑 Chinese Roots 之《秋色》有感）

拾秋小松窗
——霜降

今晚,我想

应该将秋天最后的明净与芳香

和上北方以北的青霜

一起装进蓝印花布的口袋

然后看一根扁担

是如何挑起了下一个轮回与山高水长

今晚,我想

应该将收割机遗漏的玉米棒

认真地拾回农家小院

剥去淡黄的外衣,掸去沾染的泥土

然后将一膛灶火烧到最旺

当一捆捆的秸秆在心头炸裂烂漫

舌尖上弥漫的泪意

定是人间最平凡的温暖

今晚，我还想
在胡萝卜的清甜与绯红里
不说相思，只将白菜的腰身画在纸上
虔诚地搬进我的书房
因了，它将会与我的胃肠执子之手
它也会将清白、淡定与坚韧别在我的小松窗

半截誓言
—— 立冬

故事,远离家乡
路,本来就不会一直被绿灯眷顾
一记驼铃声寻着一炷孤烟
欲将萧萧班马鸣的别情
用一摞笛音吹出一个念你平安

日子急需一味草药治愈
树上蜷缩着的小雀儿
也在一声声地说着生命的寂寥
当一袖散曲认命般地坠入了漫天的雪霰
当一捧捧的药丸在嘴里与心里之间跌宕起伏
你,看见了谁的脸

支离破碎的钟摆,走丢了时间
纸上的黑白,会是谁的风景
衲着一块补丁的灵魂在光阴的深处打坐
半截残梦入了土,半截在誓言里
修复着梦中的半壁江山

(听专辑《穿越唐古拉乐宴》之戴亚的竹笛《阿玛拉》
有感。阿玛拉,在藏语里是母亲的含义)

浪迹的残荷
——小雪

都说冰清的雪
与飘逸的雨前世有关
于是,在《月令篇》的最后几章
她们挑起了红泥小炉
夜夜与史册相依

从此,日子在等着一枝梅
为自己支起天地为证
而那些疏影满庭的顾盼与孤芳
不求有人来懂

一盏珍藏已久的灯
旁白了多少人间的风尘
那些在指尖供养的黄卷诗书

依旧野渡扁舟自轻横

静与默——
欲罢不能地静默着
雪的一滴泪,被静与默
一波三折地画在了宣纸之外
宣纸内,一节残荷在寒江里辗转流连
伤了落日,疼了长空

(听巫娜的专辑《天禅5》之《玄冥》有感)

默然相爱
——大雪

北风将衣领高高地竖起
你的清魂在时光的吟哦之间
拈成了我指尖的墨
与岑参的羌笛吹琵琶

一份握瑾怀瑜
惊动了一生的梅红雪白
未出口的几粒字
染蓝了与你遥遥相望的天空

试上高峰窥皓月
然桥外的渔灯在泛着幽光的经轮里
照见了半壶的人间至味
草偃云低,歌清梅芬

今夜，不说将军寒衣冷

只话月下半亩宋韵的疏影暗香

拈三分豪放并七分婉约吧

在我的鸾箫之上萦回一个佛土的星辰

此刻，就让你的清魂

在一方旧砚通透的眼神中入观

让瀚海阑干百丈冰在一滴禅墨里涅槃

从此，默然相爱

（听陈悦的箫曲《伊犁的雪》有感）

传承
——冬至

白菊失忆之际
终于了悟了春的授记
原来秋之溟正是桃花的归期
一个动词衔着的四月天
皆化作了冬日清凉的
一寸寸菩提

将寒露那天的寒露煮沸
和上霜降日的清霜
在立冬的这一日,一饮而尽
我望见了千山鸟飞绝
与小雪演绎出的死生契阔

相遇的美与疼

在目光的深处做着窒息的挣扎

大雪在暮晚时分听到了梅的呼吸声

也将冬至的炊烟凝固在了

古色古香的《周礼》

最长的这一夜，我还看见了

半部汉唐的狼烟水墨在《东京梦华录》里

穿着棉袍，系上中式盘扣

于檀皮宣纸的中缝之间勾勒出了

——先人的风骨

（听凉月的箫曲《光阴》有感）

豢养梅衣
——小寒

小寒巡着十丈红尘
穿了梅衣款款着千般诗意
此刻，思念破门而出
只为了朝觐一场心与心的遇见

让你坚持等候的
不仅只有四月的芳菲
还有一颗裹满了爱的心
含着泪在平凡又虔诚的烟火里
就着点点滴滴的善
为一生的最爱，豢养一城的清欢

于是，时光在时光的弦上
挑抹着寒风中的那一枝风骨
有人在江尾徘徊
有人在江头清绝咏唱

而你呀，你呀
脱下了最美的华服换上布衣钗裙
就住在她的隔壁
与那个傲雪凌霜的她啊
仅有一个转音的迂回

弹破江山
——大寒

这一刻——
心上浓浓淡淡的墨迹
只剩下顶着百无聊赖的西风眺望
你,由始至终都不曾看见

一泓孤苦无依的野溪
尚有几盏残荷拎着轮回里的寂然
在唇齿之间渐渐地沉没
舍弃了对岸的眷恋

写诗吧,将寒江
悬在最诗意的留白之处
然,一个云手又一个水步

青衣的唱腔，湿了万里关山图

给岁月一个转腕吧
将拧不干的一行行情愫
在一生的执着和奔赴当中
匍匐在山不让尘，匍匐在川不辞盈

乡愁在灯下铭刻成诗
也在一个荡气回肠的情字里
任醉意漫延旁逸，任梦话将缄默填满
而灯，遗落在了那年的梅园小径
穿越了现实中的无常冷暖

那些有关乡音的皱纹
在倚门回首之时
任凭一管箫声无数次地洗劫了
诗意又禅意的封面
其实，人一直比诗还婉约

失望与希冀，流浪与归来

共同扫去了流光的芜杂

取出珍爱的红叶邀来马致远一起煮酒

且待一场暮雪,琉璃整篇江山

　　　　　　　　(听陈悦的箫曲《流浪》有感)

采薇
——寄正月初一

爆竹声歇
片片缱绻的薄屑飞向了林梢
那些难忘今宵的时刻
被不离不弃地绣进了鱼尾纹的鱼尾

窗前，有人在为新春采薇
款摆在了白砖黛瓦
有人又将半亩含情脉脉的春光
写在了一叶红笺

还有人在翘首拈瑞凝望
贮起了一泓鸾音
那份千年之礼送来的风暖雨婷啊
正踏着一畦虔诚与诗意
朝我一路狂奔

藏身你的发髻
——寄元夕

寒枝别起了元夕的宫灯
心事沦陷在几幅唐情宋意之间
穿上棉衣还会嚷着冷的曾经
在梅前含着泪也笑语盈盈

你的双瞳，若水
牵出了一轮雪月上岸
用柔情豢养着柔情
用诗情豢养着诗情

那个来自千年前的回首啊
在天地共团圆的夜里张望顾盼
笺素素啊，香细细啊
梅色欲言，月色又止

想在你的发髻之间藏身

却又理不清、梳不匀

一丛丛最冷又最暖的花千树啊

你可看见了那人的星泪如雨

可否用一根青丝的温度

慰藉灯火阑珊处的一盏孤灯

再用一节爱的浮屠折起半生的流离

从此再也找不到

一个字

可以代替

　　　　　　　（听陈悦的箫曲《元夕》有感）

一瓢明霞
——寄妇女节

翻过了冬
翻过了季节的最后一页苍凉
在丽春的枝头
将一瓢明霞泼出墙外
你,便踏歌而来

盈盈行走之间
点亮几盏欧阳修的纱灯
在唐寅的杏花茅屋前
将三月搬进千年的诗情画意里
念丰神俊逸,看吴带当风

佩兰雨
——寄端午

躲过上弦月
却没有躲过楚国的晨曦
《离骚》里的端阳
再次在萋萋艾香里辗转涤荡

彼时的那场佩兰雨
早已淋透蚀骨了
两千几百载的龙舟与诗行
包括你远走天堂以及我的神往

人如玉
——寄七夕

风，吹熄了酉时
引燃了一城的灯火
或许，此刻该将一阕新词
停靠在宋朝的雕花窗前

尽管一个缘字
被诠释了千年又千年
而汴梁城外的清溪依旧含香含馥
映着那年初见时的美人如玉

又或许该将今夜的蛩鸣打包
寄给千里又千里之外
不说梧桐惊落
霎儿雨，霎儿风

灼心
——寄中秋

枕畔的一滴泪

跌落在了千里又千里之外

是否，你与我若有同一个梦

即可步入同一方水湄

几朵噙着乡音的碧螺春

在一记欸乃声中

将时光只温柔了半盏

剩下的半盏化作了一尾木鱼

在潮汐的涨落里游向了中秋的琴弦

从未满格过的手机信号

在半片《水调歌头》里

延迟模糊了一江疾驰的烟雨

原来,真的仅需一行诗韵
那卷箫声低徊的山水
即会狠狠地灼心

让月再多圆一次吧
让这个月赋予——
生命一个最完美的侧写吧
尔后,缂丝出一部最人间的善本
念苍苍竹林寺,忆杳杳钟声晚

雁字封缄
——寄重阳

当重九的夕阳
蹲成了一首诗的高度
炊烟在暮鼓的起落之处声声慢
那些被秋风遍插的茱萸啊
正追赶着你的箫声

四野正忙
披着一身的芦花白
我却始终只是一个季节的看客
若可，将自己氤在一本线装书的封底
噙着今秋最后的秋水
将一垄垄相思
在雁过千山之时
一笔，封缄

春的方向
——寄腊八

用文字里的火焰
温暖腊月初七夜里的豪雪
即使隔着岁月的轩窗
心也能渐渐被通透
不再迷惘彷徨

一枚你赠予的动词
在一盏酥油灯的朱颜里
舒展了蛮腰,恬然地苏醒了
携着几枝小梅花
正朝着春的方向虔诚顶礼

时间,腌白了双鬓
然半屋的檀香与半屋的书香

足够我在异乡的炊烟与诗行之间
将残荷的清骨
蘸着《梦梁录》里的慈悲
折成一幅如来的偈诵

时间的刀锋,把岁月的沧桑刻进了皱纹深处。檐角的风铃倦了,呻吟沙哑,将嘱托与厚望,寄予我脚下的路。

第五辑

千帆
过尽

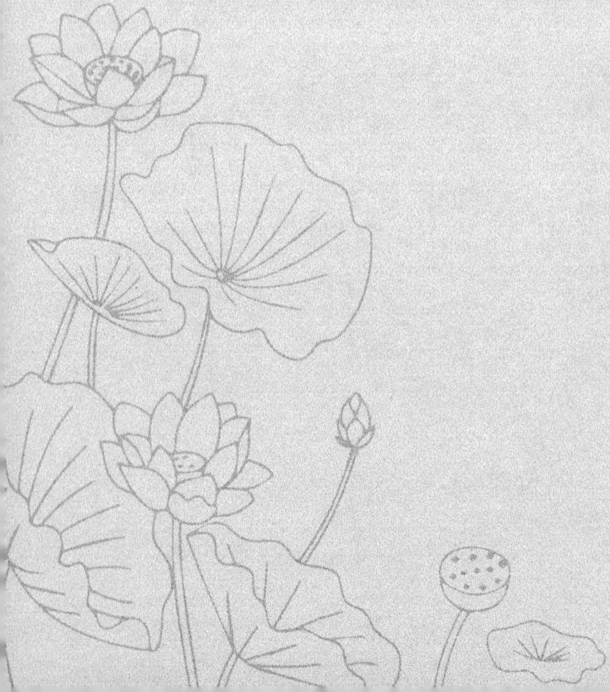

离人

我,走向了
长城以北的他乡
听梧桐夜雨点滴敲窗
看茫茫大雪茫茫了稚嫩的脸庞
与意气风发的衷肠

提着一篮目光
回望提着一篮红豆的远方
幻想可以劫来一轮明月
用一场千里共婵娟的方式付款
换孟婆的一次接单
让孟婆汤的功效不再是忘记前缘

泛黄的老时光
泛滥在了狼烟四起的心上

我,是你今生的离人
凌乱的白发,凌乱了城西与城东
凌乱了轮回里你的模样

(听陈悦的箫曲《断崖》有感)

著名笛箫演奏家陈悦

顿悟

心情被生活限速
谁都得路过它的每一处驿站
或许,只有苦难才会
打磨出日子的原味

一切爱和被爱
正在被时间检验
然后,无论距离是远还是近
我们都学会了沉默

直到泣不成声
直到小荷花在一炉檀香里重塑腰身
再也不向他人问渡
方才顿悟

缝合

半截红蜡烛哭红了
一滴举目无亲的眼泪
也哭红了春夜四处流浪的琴声

一封来自前世的情书
被贴错了快递单号
让今生永远失去了对你表白的机会

半张白居易的琵琶
在轻拢慢捻抹复挑里
尘封着寻了千载的浔阳江

心事,如果也可以被尘封
被麻醉,被外科手术
那该有多好——割除滚烫的相思

割除疼痛且绵长的呼吸

一张张湿透又风干的纸帛
被剪裁成了一根根的羊肠线
做着最后的内翻缝合

小半生

该遇见的都遇见了
江南天青色,塞外万里凝
桃花渡上,不问西东

不该遇见的也都遇见了
苍狗孤帆,四海寄身
香水百合里只敢奢求一缕香馨

十岁那年被灌下了半壶冰
大病之后——
从此不再为归去来兮而高烧
更不会纠结当时的更漏几寸又几分

唯记得转身之间
天堂失火,西风彻骨

真正懂得了凰本是传说的图腾
我,只是人间的一粒尘

将暮未暮的年纪
可否允我——
在将春未春的夜里灿然一回
为年少时不敢伫望的明月

尽管,自己从来
就没有被元夕里的圆字垂青
然,一树花灯的诗意与芬芳里
依旧愿将最美的模样
献祭给阳光

漂不白的清明

一抹天青色
晕成清明的绵绵幽雨
一地花泪的红痕
漂不白荷样女子的衣袂

湿答答的日子
林梢顶端呼啦啦的杏帘
为岁月买醉着岁月
却招摇得双眼一阵紧似一阵地疼涩

泛滥成灾的思念
在纸上与心上一直风驰电掣
在远山与隘口之间
噬魂，又刻骨

披一件昔年倾心的花衣吧
隐去落英的惆怅
不说别后的千回百转
唯告诉：记忆里的暖色
始终都是
你
在执笔

白衣，墨衫

1 梦里

前夜梦中
又被若剪的二月春风紧紧裹挟
沾了一襟泪花的庭院
在午夜茕茕伶俜
满眼的墨色，满心的冷色
看不见垂髫的垂虹，看不见垂髫的垂悯
唯看见一只只寒英化作了孱弱的精灵

前夜梦中
又听见男女激烈的争吵
与震彻暗室的掌掴
又看见一团小小的身影惊恐地逃进柴房
自那夜起不奢求有红炉煨暖

但求北风呜咽凌乱的

不再是幼子的无助与女人的哭声

2 梦外

熹微染窗,梦里抽身

依旧穿上了最喜的白衣墨衫

白衣,是在那些无可奈何的至暗时刻

予人也予己的唯一救赎

墨衫,消融了所有的丑陋不堪

隐遁了无助,隐遁了哀伤

隐遁了怆然、仓皇

熹微染窗,梦里抽身

耳边依旧在流淌着《春来花自放》

一弦的《阳春白雪》正在演绎

生命之旅的最后行程里

一颗尚暖、尚善的赤子之心

在半盐半甜的旅程中将曾经窒息的破碎

粘补,安放

著名笛箫演奏家陈悦

　　《半塘荷风》，在笛箫与中国民乐的曲音之中款款而来。我仿佛看见了一位在唐诗宋词里禅坐、在《诗经》楚辞里呼吸的女子，她裹挟着光阴的凉薄与温暖，在心上与眉间描摹出了一幅又一幅的水墨画卷，清美飘逸、温润婉约又蕴意深远、禅意空灵。

——著名笛箫演奏与教育家陈悦

补记

诗心,乐心
——中国式的浪漫主义情怀

中国式的浪漫主义思想,不但形成的早,其发展过程也非常的稳定且一代代的被继承发展。而在中国古代文学与艺术的作品当中,最能体现浪漫主义思想的艺术形式是诗歌与戏剧。其中,屈原、曹植、阮籍、李白、韩愈、白居易、苏轼、李清照等诗人为中国式的浪漫主义文学留下了一笔又一笔的浓墨重彩。

作为中华以文学著名于世的第一人,屈原是中国浪漫主义文学的奠基者,是"香草美人"的浪漫主义诗人的鼻祖。屈原的浪漫主义诗歌,重在表现作者内心的情愫,将赋、比、兴巧妙地糅合成一体,大量运用了"香草美人"的比兴手法,将抽象的品德、意识与复杂的现实关系生动形象地表现出来。屈原的作品突破了《诗经》以四字句为主的格局，每句五、六、七、八、九字不等，也有三字、十字句的，句法参差错落、灵活多变，句中句尾多用"兮"字，以及"之""于""乎""夫""而"等虚字，用来协调音节，造成起伏回宕、一咏三叹的韵致，这是屈原的伟大文学创举，也是中国浪漫主义文学的最显著特征。

所以，"其衣被词人，非一代也"的屈子的精神与情操，是我等子孙需要用一辈子的时间去仰望、膜拜、继承与弘扬的。尽管深深地知道，我辈人微力弱，所做之事更是沧海一粟，但人的一生，总有一些东西，是要持之以恒且不计得失地去固守去身体力行的，譬如：将心遨游在中国古典文学的诗情画意里，打捞出专属于自己风格的诗词文章；将耳安住于中国民族丝竹的淙淙泠泠里，陈情出为自己生命着色的玉振金声。

而放眼中国浪漫主义文学的碑刻，有这样一位女子，她千古绝尘，她冠绝一代，她就是李清照。"诗情如夜鹊，三绕未能安"——这是李清照对自己诗才的肯定，也是对其自身价值的肯定。她用自己的诗作抒发对江山日月的热爱、对家国覆灭的悲愤忧伤，以及对美好生活的向往与希冀。她的诗，风格豪迈遒劲、奇气横溢，善于使事用典、借古讽今，想象丰富，语境飘逸。她的词，清婉清丽，缱绻悱恻，遣词造句音节和谐、流转如珠，极具音乐美，后人称她为"婉约词宗"，更尊她为藕花神。千百年以来，李清照的中国式浪漫主义文学与情怀，辉映着山南，泽被着海北。

是的，诗歌在诞生之初，也与音乐结下了不解之缘。音乐是诗歌的灵魂，诗歌的发展更迭与音乐有着密切的关系，它们在艺术的殿堂里相辅相成。在《尚书·尧典》里"八音克谐，无相夺伦，神人以和"，这大概是有关诗、乐、歌舞共同出镜的最早记载。因此，音乐性，作为诗歌的审美特质之一，在诗歌的发展史上扮演了重要的角色。纵观中国文学史，从《诗经》、楚辞、汉赋到唐诗、宋词、元曲，都存在着诗歌与音乐互相配合、互相启发、互相渗透、互补共生的范例。从《诗经》到汉魏六朝的乐府,大多诗歌都可和乐而歌。诗歌发展到唐宋时期,出现了依据曲谱进行创作的歌词,再到元、明以后的剧曲与散曲,尤其是七言律诗的韵、辙、抑、扬、顿、挫与乐的旋律、节奏、起、承、转、合都有着异曲同工之妙。诗歌里蕴含了音乐的美,音乐中流连着诗歌的意。

并且,大多的文人墨客是精通乐律的,而乐者对诗赋文章也是有所涉猎的,甚至有的有着很深的造诣。于是,诗者与乐者,彼此相知相惜,互相肝胆相照。"绣口一吐,就是半个盛唐"的李太白与音乐大家李龟年,便共同演绎了流传千古的《清平调词三首》。而李龟年与王维、杜甫的交情也是颇深,那首《相思》一诗就是王维写给李龟年的:红豆生南国,春来发几枝,愿君多采撷,此物最相思。而杜甫的"岐王宅里寻常见,崔九堂前几度闻。正是江南好风景,落花时节又逢君"。也是写给李龟年的。到了近代,闻一多在《诗的格律》中也曾明确地提出过中国式的诗歌要有"三美"的创作特征,即"音乐美"、"建筑美"、"绘画美"。

诚然,我不是一个真正的诗者与乐者。长

久以来,更是一直自觉有愧于先泽屈原与李清照留给我们的文化瑰宝。所幸,我有一颗诗心,也有一颗乐心。因此,相信十丈红尘、三千人间,总有一隅,是可以容我在月下、荷前,研墨走笔,弄箫听琴,即使只是在东施效颦、只是在附庸风雅,我依然愿意在此蛰居,于心笺栽诗,于耳畔种乐,于中国式浪漫主义文学的烟海里,尽情地将生命与生活际遇的所有美丑、善恶、悲欣、得失荣辱、家国情怀等,借山水、日月、清风、雨雪、花草树木、油盐酱醋,琴棋书画茶等,以婉约或豪放的模样,去晏晏飞逸,去灿然绽放,若是喜剧,让她温婉如玉的款款涓涓;若是悲剧,让她梨花带雨的寂寂凉凉……

至此,在这本书里,音乐诗人陈悦的笛箫国乐,就被我一次又一次地轻轻吟、浅浅诉:她在幽幽惆怅,她在清阒悠扬,她在婉约微凉,她在明媚流觞。许久许久以来,聆听陈悦成了我的诗词文章的灵感源泉,因为她的笛箫艺术表现风格细腻雅逸,婉约不失清朗,现代不失传统。她是在用最真切的情与最超绝的艺,共同旖旎出了一曲又一曲的天籁之音，征服了成千上万的爱好民乐的华人。若可，再忝一阕《醉乡春》谨示喜爱陈悦与她的音乐的思慕之情——

翠盖绿衣如縠，龙笛凤箫含毓。绮韵转，杏花开，吹雪半天迴洑。

柳岸画屏裁曲，皎月流苏漱玉。酿春酒，醉诗人，墨抄万纸江南牧。

"不论东方还是西方，音乐没有高低之分，但音乐有粗细之分。一定要做出精美的、能打动人心的音乐，这样的音乐一定是让你觉得能够温暖你、缩短你和音乐之间的距离"——这是陈悦给自己的音乐的留白，也是我如此仰慕她的原因，这段留白，命定一般地契合熨帖了我写字的初心与衷心，因为我一直觉得生命就是一场单程旅行，从来都是"身外为财，心上为情"，而文字与音乐恰恰皆是心上之事，她们有温度、有高度、有宽度也有深度。

如此，既然是心上之事，那就让心魂穿上中式的圆袍广袖，穿越唐风宋雨，在每一寸些许清寒、些许馨暖的光阴的生宣之上，泼墨写意。于是，心上的情与诗，在清亮与清婉的龙言凤语里怆然、怃然、杳然、怡然、澹然、澄然、般若寂然。于是，天心花雨，半塘荷风，如丝如绸的笛声与箫声吹美、吹净了江南与江北。于是，昔日的红花与绿萼，此刻的檀烟与松墨，尽皆在"香草美人"的传承里，将毕生钟爱的中国式的浪漫主义诗行，落笔，成册。

感谢多年对我青眼相加、一路支持陪伴的天南海北的读者与学生们！感谢我的女神著名笛箫演奏家、教育家陈悦给予我的三百六十度的支持与错爱！感谢文学之旅的同行挚友美女诗人刘艳芹（如烟）女士，在千忙万忙之中倾情相赠的序文！感谢出版社的各位领导、前辈、老师的审核与指导！生命不歇，诗心不辍，乐心不绝，我，一直在路上……

爱是琉璃于风荷苑

2023 年 12 月 9 日